INHALT

EPISODE 6
Rh+
RHESUS POSITIV

DANKE, DAS WAR LECKER!
RATZEPUTZ
DU BIST JA GAR NICHT MEHR SO WÄHLERISCH WIE FRÜHER, MAKOTO-KUN!
KLACK
KLACK
FRÜHER KONNTE ICH KOCHEN, WAS ICH WOLLTE, DIR HAT NICHTS GESCHMECKT!
DAS ESSEN HAT DIR ÜBERHAUPT KEINEN SPASS GEMACHT.

JETZT MAG ICH ALLES...
... WAS DU KOCHST: FLEISCH, GEMÜSE... EGAL, WAS!
DANN IST JA GUT!
!
...
DAS IST...
... WEIL ICH ANGST VOR DEM ESSEN HATTE!
DAS IST GEMEIN!
DABEI HELFE ICH DOCH MIT!
DAS HAT KIYOI-SAN DAMALS ZU MIR GESAGT
MIR SIND EINIGE SACHEN GANZ SCHÖN PEINLICH.
BEVOR ICH...
... HIER IM GECCHOKAN UNTERKAM...

... GAB ES ZEITEN, IN DENEN ICH EINFACH NUR ZU LEBEN...
... SCHON ALS ERBÄRMLICH UND BESCHÄMEND EMPFAND.
HÖRT MIR MAL BITTE ZU, JA?
IN LETZTER ZEIT TREIBT IN DER GEGEND UM DIE SCHULE HERUM EIN TRIEBTÄTER SEIN UNWESEN.
ALSO PASST AUF DEM HEIMWEG GUT AUF!
UÄH!
KLAPP
EKLIG!
KLAPP
MAKOTO...

TRÄUM NICHT VOR DICH HIN!
KOMM, WIR GEHEN HEIM!
HASHI-MOTO...
TRIEBTÄTER!
SCHRECKLICH!
NA JA, ICH BIN EIN MANN UND IN DER LEICHT-ATHLETIK-AG... ICH KANN WEGRENNEN UND DIE POLIZEI RUFEN!
NUR... WENN DER TYP EINE WAFFE HAT, WIRD'S HEIKEL!
HAST DU NICHT GESAGT, DU WÄRST AUS DER ÜBUNG WEGEN DER AG-PAUSE VOR DEN PRÜFUNGEN?
IM PRINZIP...
... MEINE ICH!
ABER...
... ICH HAB GEHÖRT, DASS NEULICH HIER IN DER NÄHE BEI EINER GRUNDSCHULE EIN KANINCHENSTALL AUFGEBROCHEN WURDE.
DODOM

AUTSCH!
MEINE...
... KLEINE SCHWESTER HAT JETZT ANGST, DARAN VORBEIZUGEHEN.
ICH HOFFE NUR, ES PASSIERT NICHTS...
AUTSCH!
DU BIST ZIEMLICH KLEIN FÜR DEIN ALTER. PASS GUT AUF DICH AUF!
JETZT FÄNGST DU...
... AUCH SCHON SO AN...
DA PASSIERT...
... SCHON NICHTS.
NA JA, ICH ESSE EBEN ENTSPRECHEND MEINER KÖRPERGRÖSSE...
WEIL ICH SO KLEIN BIN, KANN ICH KEINEN MENSCHEN ANFALLEN.

ABER WENN ICH...
... IRGENDWANN ERWACHSEN BIN, DANN...
TAP
NANU?
HIER RIECHT'S NACH...
... BLUT.
ZUCK
EH?
WAS?
GLOTZ
GLOTZ
WIESO MERKT ER DAS?

SAG MAL...
くんくん
SCHNÜFFEL
SCHNÜFFEL
DU SCHAUST IMMER SO FINSTER...
WO WOHNST DU EIGENTLICH?
...!
BWASH
!
HAT ER MICH ER-TAPPT?!
WARUM...
WIESO?!

ABER SO EIN KIND KANN DOCH KEIN TRIEBTÄTER SEIN...
HA...
KLAPP
STILLE
...
SCHAUDER
ICH HAB EIN SCHLECHTES GEWISSEN.
ALS ICH NOCH MIT MAMA ZUSAMMEN-LEBTE...
... KONNTE ICH MIR EIN LEBEN, WIE ICH ES JETZT FÜHRE, NICHT VORSTELLEN.
TAP
TAP

UND SO HABE ICH JETZT AUCH KEINE...
SKREEE
ICH WÜRDE JA GERNE GRÜNDLICH NACHDENKEN, ABER...
... HOFFNUNG FÜR DIE ZUKUNFT.
PATAMM
MEIN KOPF NKTIONIERT NFACH ÜBER- AUPT NICHT!
... WENN ICH SO EINEN HUNGER HABE...
... UND SO EINEN DURST...
EGAL, WAS ICH ZU MIR NEHME, ES IST IMMER DAS GLEICHE.
SOLANGE ES KEIN BLUT IST...
DÖS
... FEHLT MEINEM KÖRPER WAS.
IN DIESEM ZIMMER STINKT'S WIRKLICH NACH BLUT.

PATER...
HMPF...
DU HAST WIEDER GETÖTET, WAS?
!!
NEIN, HAB ICH NICHT!
SCHÜTTEL
SCHÜTTEL
VOM BLUT ANDERER LEUTE ZU LEBEN... DAS IST MIR UNVERSTÄNDLICH.
DU HAST DEN PFAD DER HUMANITÄT VERLASSEN.
DAS ÜBERSTEIGT DEN MENSCHLICHEN VERSTAND.
DESHALB ...
... HAT MICH MEINE MUTTER WEGGEBEN, STIMMT'S?
GNN

RICHTIG!
EINE GANZ NORMALE MUTTER...
... KANN ZWAR EINE KATZE ODER EINEN HUND SÜSS FINDEN...
... ABER NICHT SO EIN VAM-PIR-BIEST! DAFÜR HAT SIE ZU VIEL ANGST!
...
DER PATER UMFASST DAS KREUZ UND FLEHT GOTTES NAMEN AN...
IHM GE-FÄLLT ES, WORTE ZU WÄHLEN, DIE ICH HASSE.
ER MACHT SICH EINEN SPASS DA-RAUS, MICH ZU PIESA-CKEN.
ICH WEISS. TROTZDEM TUT ES WEH.
SCHNÜFF
GIBT ES...
... IRGENDWO AUF DER WELT NOCH ANDERE MENSCHEN WIE MICH?

ALSO, ICH...
... HABE BIS JETZT NOCH KEINEN KENNEN-GELERNT.
...
WAS IST DENN DAS...
... FÜR EIN BLICK?
WENN DU NOCH EINMAL WILD WIRST UND JEMANDEM SCHADEN ZUFÜGST...
... SPERRE ICH DICH EIN! DANN KANNST DU IN RUHE NACHDENKEN!
DA HÄLT MAN SICH...
... JA NOCH LIEBER EINEN WOLF!
KLAPP
DU VER-DAMMTER TEUFEL!

VERDAMMTER TEUFEL...
NOGAMI-KUN!
DIE MITTAGSPAUSE IST GLEICH RUM...
DU KRIEGST ALSO NICHTS RUNTER?
DU HAST JA VON TAG ZU TAG WENIGER APPETIT...
ALLES IN ORDNUNG?
UND DEINE HANDGELENKE SIND SO DÜNN GEWORDEN... ICH MACHE MIR SORGEN...

...
...!
SENSEI...?
ERRÖT
EI... EI-GENTLICH HÄTTE ICH SCHON GERNE, DASS DU DAS ISST!
ABER WENN DU KEINEN HUNGER HAST, KANN MAN NICHTS MACHEN.
FLUPP
DANN PROBIER'S MORGEN NOCH MAL!
WIESO WERDE ICH...
...BEI EINEM MITTEL-SCHÜLER VERLE-GEN?!
...

ER SAGT, DASS IHM DAS ESSEN NICHT SCHMECKT!
ALSO NICHT, DASS ES FADE SCHMECKT, SONDERN DASS ES ÜBERHAUPT KEINEN GESCHMACK ODER GERUCH HAT!
SEINE MUTTER LEBT WEGEN DIESER SACHE...
... VON IHM GETRENNT.
VIELLEICHT HAT ER PROBLEME.
ICH SOLLTE MAL SEINE ELTERN ANRUFEN.
ICH HABE STÄNDIG HUNGER.
MAMPF
MAMPF
NEIN, DER JUNGE...
... SIE WISSEN SCHON... SCHWIERIGE VERHÄLT-NISSE...
...
KLACKER

ICH HAB DAS GEFÜHL, MEIN HUNGER KOMMT IN IMMER KÜRZEREN ABSTÄNDEN...
GULP
NOGAMI!
WAS MACHST DU DENN DA?
ICH HAB ANGST, DASS ICH TOTAL DIE BEHERRSCHUN VERLIERE!
SCHNÜFF
SCHNÜFF
!!
...
VERDAMMT!
I-ICH...
... WOLLTE NUR MAL SCHAUEN, OB DAS AUCH ABGESCHLOSSEN IST...
ES PASSIERT JA SO VIEL IN LETZTER ZEIT...
AH...

IDIOT!
DAS KANINCHEN HAUT AB!
EH...?
AH...!
KEUCH
AUTSCH!
AUA...!
DAS IST EIN RICHTIGES BIEST!
EUCH GEBE ICH KEIN FUTTER MEHR!
AUTSCH!
FHUP
GULP
AUTSCH!
...?

SCHLUTZ
!
WAS...?!
EH?!
WANK
EH?!
HAPP
SLURP
UH...!
IDIOT!
WAPP
SO MEINE ICH DAS NICHT!
!
DAS MUSS MAN NUR ABLECK... NEIN, ICH MEINE...
DAS MACHE ICH SCHON SELBST!
WIESO WERDE ICH DENN ROT?!
SCHLECK
...

SCHAUDER!!
...
SAG MAL, DAS WARST DOCH...
... NICHT ETWA DU?
HÖR AUF, GENÜSSLICH MEIN BLUT ABZULECKEN!
WAS HABE ICH GETAN?
WARST DU DAS MIT DEN KANINCHEN UND DEM HUND?
ZUCK
DAS MIT DEM KANIN-CHENSTALL NEULICH!
!!
AH...
HA... HASHIMOTO...
ICH HABE EINEN FREUND ANGE-FALLEN!
WAH!
BLEIB MIR VOM LEIB!

DU MONSTER!
DU BIST NICHT NOGAMI...
... DU BIST EIN TEUFLISCHER MÖRDER!
HILFE!
IST DA NIEMAND?!
HILFE!
WAS JETZT?
DAPP
ICH MUSS HIER WEG!
OBWOHL ICH SO SEHR AUFGE-PASST...
... UND MICH ZURÜCK-GEHALTEN HABE, GING ES SCHIEF!
DAS KANN ICH DEM VATER UN-MÖGLICH ERZÄHLEN!

ICH KANN NICHT ZURÜCK!
WEDER ZUR KIRCHE...
... NOCH ZU MAMA.
NEIN...
... IM GRUNDE WAR ICH...
... VON ANFANG AN SCHON NIRGENDWO GEDULDET.
*兒童公
* KINDERSPIELPLATZ.
ZUCK
DU, MÄDCHEN...
WEINST DU ETWA...?
HA!
HA!
HA!
DU TUST MIR JA RICHTIG LEID!
!

NA...
!
... KOMM, ERZÄHL DOCH MAL!
DA IST JA BLUT AN DEINER BLUSE...
BIST DU VERLETZT? LASS MICH MAL NACH-SCHAUEN...!
HE, MOMENT MAL...!
IST DAS DIESER TRIEBTÄTER?
GRRR
WAPP
FINGER WEG!
!
...
ICH BIN GANZ BENOMMEN...
ICH HAB NOCH NICHT GENUG GE-HABT.
KRIEGE ICH...
... WAS VON DEINEM BLUT?
IM MOMENT TUT'S AUCH DEINS!
EH?! LEIDEST DU UNTER BLUTAR-MUT?
AUSSERDEM...
NERVIG...

... BIST DU ETWA...
... EIN JUNGE?! SO WAS ABER AUCH...!
WUPP
!!
AH...
GYAH...
ALSO ECHT...!
DASS ICH MICH JETZT SOGAR MIT DEM BLUT VON SO EINEM KERL ZUFRIEDENGEBE...
FLSH
HA...
POCH
POCH
POCH
DAMM
...
HA...
HICK
HICK
HICK
HA...

ICH BIN AN EINEN PUNKT GEKOMMEN.
... VON DEM AUS ES KEIN ZURÜCK MEHR FÜR MICH GIBT.
DAPP
ABER WAS SOLL ICH MACHEN?
WAS SOLL ICH NUR MACHEN?
GLOTZ
NUN HAB ICH'S DOCH GETAN!
ICH HAB EINEN MENSCHEN UMGEBRACHT!
WAH!
DER JUNGE IST VOLLER BLUT!
AH!
POLIZEI RUFEN?
!
DAS IST DER VON NEULICH!

...
SWUSH
!
SKREEE
HEY...!
BLEIB STEHEN! HÖR DOCH MAL ZU...!
HA!
HA!
TAP
HA!
TAP
TAP

TAP
...!
TAP
TAP
WAPP
!
HA!
WARTE!
BERUHIGE DICH!
BLEIB GANZ RUHIG! BITTE!!
HYUUUU
AH...

ICH BIN AM ENDE!
ES KANN SEIN, DASS ICH EINEN MENSCHEN UMGEBRACHT HAB!
DER VERBLUTET VIELLEICHT!
EH?
DER...
!!
ICH HAB DAS GEFÜHL, ICH KANN MICH NICHT MEHR BEHERRSCHEN!
MENSCHEN ANFALLEN...
IHR BLUT SAUGEN...
ICH DENKE, ES IST EINFACH ABSCHEU-LICH...
... SO ZU LEBEN!
DESHALB...
... WILL ICH SCHLUSS MACHEN!
TAP!
DU...

DU IDIOT
IST DOCH ALLES OKAY!
VAMPIRE AUF UNSEREM LEVEL WÜRDEN ES NIEMALS HINKRIEGEN, EINEN UMZUBRINGEN!
DAFÜR MÜSSTEN WIR SO VIEL BLUT SAUGEN, WIE ES UNSERE KÖRPER GAR NICHT VERKRAFTEN!
...?
DER IST BESTIMMT NICHT TOT!
DER IST HÖCHSTENS VOR ANGST OHNMÄCHTIG GEWORDEN!
...
ABER ICH MACH'S WIEDER!
ICH HAB MICH NICHT UNTER KONTROLLE...

ICH KANN MIT DIESER SCHANDE NICHT MEHR LEBEN!
MANN...!
GRRR
JETZT REDE DIR NICHT SO EINEN NEGATIVEN UNSINN EIN!
HYUUU
WANK
!!
GRABB

UNGH...
RUCK
!
RUTSCH
LASS... ...RUHIG LOS!
SPINNST DU?!
DAS WÄRE EIN ALBTRAUM...
REISS DICH ZUSAMMEN, WENN DU NICHT STÜRZEN WILLST!
DU HAST DOCH SELBST DEINE HAND AUSGE-STRECKT!

WAH!
KIYOI! BAKA-KAZU!!
SEID IHR NICHT HIER IRGENDWO?!
IHR WERDET EUCH DOCH NICHT VERSTECKEN?!
KOMM SCHON...
... BAKA-KA...!
BONK
UNGH...
WER IST HIER...
... EIN BAKA, HÄ?
ICH SAG'S DIR NUR, DOCH ICH BIN EINE MILLION MAL KLÜGER ALS DU!
JA, JA, WIR WISSEN, DASS DU KLUG BIST.
LOS, HILF :HM AUF, ABER SCHNELL!
KERL!
KAPIERST DU NICHT, WAS HIER LOS IST?!
UNGH... UNGH... UNGH...
UNGH...

HEPP...
HA!
HYUUUU
SCHAUDER
...
ZITTER
DU...
... KOMM MIT ZU UNS!
... WIR SIND GENAU WIE DU!
DU AHNST ES VIELLEICHT SCHON, ABER...
WIR SIND VERBÜNDETE!

ODER?!
IST DOCH OKAY, ODER?
...
IHR...
... WOLLT MICH WIRKLICH ALS HAUSTIER?
...
NEIN! DU KANNST MIT UNS ZUSAMMENLEBEN!
WIESO REDEST DU SO UNTERWÜRFIG?!
ALSO WIRKLICH!
DU SCHLÄFST UNTER EINER WARMEN DECKE, GEHST ZUR SCHULE...
... MACHST MIT UNS SPIELE UND DIE NÄCHTE DURCH... EIN GANZ NORMALES LEBEN!
OKAY?
NATÜRLICH NUR, WENN DU...
... WILLST!

WIR KÖN DIR AU RICHTI BEIBRING
... WIE MAN UNTER DEN MENSCHEN LEBT!
UND WIE MAN GESCHICKT JAGT!
ABER AUCH WENN IHR JETZT NETT ZU MIR SEID...
... WENN IHR MICH NICHT MEHR BRAUCHT, LASST IHR MICH FALLEN, ODER?
?!
WEIL...
... SO HAT'S MAMA AUCH GEMACHT...
OBWOHL SIE DIE GANZE ZEIT NETT WAR...
... SAGTE SIE IRGEND-WANN...
... SIE HABE ANGST UND ICH SEI EIN TEUFELS-KIND...

DER HERR PATER HAT GESAGT...
... OBWOHL MICH MAMA GEBOREN HAT...
... WILL SIE MICH...
... NICHT MEHR...
?!
KEINE ANGST!
WIR LASSEN DICH NICHT FALLEN!
VER-SPRO-CHEN!

OKAY?
ICH BIN AGEHA.
ICH VERSPRECHE ES DIR! VERGISS NIE: WENN DU EINSAM BIST, BIN ICH IMMER FÜR DICH DA!
SOLANGE DU UNS BRAUCHST, WERDEN WIR AN DEINER SEITE SEIN!
AGEHA...
WENN IC MICH..
... AB UND ZU AN FRÜHER ERINNERE...
MANN ...!
IST MIR DAS PEINLICH! ICH MÖCHTE IM BODEN VERSINKEN...
EH?!
ICH SOLL IHN AN-SPRECHEN?
ICH BITTE DICH DARUM!
ABER...

ES GIBT WIRKLICH MOMENTE, IN DENEN ICH DENKE...
... AGEHA IST GANZ SCHÖN ERWACHSEN.
JETZT ZUM BEISPIEL!
DU, MAKOTO...
GEH DOCH MAL ZU BAKA-KAZU HOCH UND RUF IHN!
EH?
WARUM?
KIYOI-SAN HAT DOCH DICH DARUM GEBETEN!?
ABER ICH HAB GERADE KRACH MIT DEM.
BUH...
DAS HAT KIYOI BEKOMMEN... ES SOLL FÜR ALLE SEIN.
DOCH WENN ICH HOCHGEHE, MACHT ER MICH NUR WIEDER ZUR SAU.
HA, HA, HA!
EIN KLEINER STREIT ERHÄLT DIE FREUNDSCHAFT, WEISST DU DAS NICHT?
DASS ICH...
... NACH UND NACH AUFHÖRTE, MICH SELBST ZU HASSEN...

... VERDANKE ICH...
... MEINER BEGEGNUNG DAMALS MIT DIESEN LIEBEN MENSCHEN.
KRSCH
KRSCH
KLACK
ZUCK
WER...
WER DA?!
TAP
HIER IST DOCH ETWAS FÜR MICH AUFBEWAHRT!?
ICH BIN HIER, UM ES MITZUNEHMEN.
ICH HAB KEINE AHNUNG...
... WOVON SIE REDEN!
ICH WEISS VON NICHTS!!
WAH...
ICH WEISS NICHTS...
ICH...
OH GOTT, HILF MIR...!
MERKWÜRDIG...

AH...
AH...
DABEI HAT DAS WEIB DOCH GESTANDEN, DASS SIE ES BEI DIESEM PATER GELASSEN HAT...
AH...
KNIRSCH
HIL ...
... FE ...
UND WENN DIESER PATER SICH NICHT NUR DUMM STELLT...
... SONDERN AUCH FREMDES EIGENTUM ZERSTÖRT, IST DAS UNVERZEIHLICH!
KRACKS
AH ...
AH ...
KRACKS
DEINE GEBETE SIND UNGÜLTIG.
DAS HAST DU ALLES DIR SELBST ZUZUSCHREIBEN!

Rh+
RHESUS POSITIV
EPISODE 7

PUH!
ERST FLEHST DU MICH AN, DASS DU SELBST DAS KIND AUSTRAGEN WILLST...
... UND DANN LÄDST DU ES EINFACH BEI DIESEM VERANTWORTUNGSLOSEN PFAFFEN AB!
UND NUN MUSS ICH ES AUCH NOCH SELBST SUCHEN...
UND ES SOLL ETWAS UNSELIGES, TEUFELSARTIGES AN IHM SEIN, JA?

BESTIMMT ÄHNELT ER JETZT MIR...
... UND IST EIN GANZ SÜSSER BENGEL, ODER?
FHUAAAH...
GUTEN MORGEN, MASAKAZU-SAN...
HM...
UH...
BATAMM
NIEDRIGER BLUTDRUCK
GESTERN ABEND WAR ES GANZ SCHÖN HEFTIG...

AGEHA FING PLÖTZLICH AN, SÄMTLICHE FENSTER ZU SCHLIESSEN. ABER DER GERUCH NACH BLUT SEI ZU STARK...
WANK
...UND ER HABE SODBRENNEN, SAGTE ER, BEVOR ER SICH UNTER SEINEN FUTON VERKROCH.
WARUM HAST DU MIR DAS NICHT GESAGT?!
EH?!
IST DOCH NICHT MEINE SCHULD!
DU HAST DOCH VERGESSEN ZU SPEICHERN!
LASS DEINEN ÄRGER NICHT AN MIR AUS!
WORAN LIEGT DAS?
AM ZUNEHMENDEN MOND?
DAS IST VIELLEICHT IRGENDEINE WIRKUNG AUF DIE PSYCHE...
ICH BIN ZWAR TOTAL GELASSEN...
... DOCH MIR WIRD OFT GESAGT, ICH WÄRE EMPFIN-DUNGSLOS. BESONDERS AGEHA MEINT...
...ICH HÄTTE STUMPFE GESCHMACKS-NERVEN.
UMGEKEHRT HAT AGEHA DIE BESTE NASE VON UNS ALLEN.
ABER VIELLEICHT...

... IST
... WENN MAN SCHARFE SINNE HAT UND IMMER ALLES GENAU MITKRIEGT...
DASS ER NOCH NICHT AUFGESTANDEN IST, HEISST WOHL, DASS ES IHM SCHLECHT GEHT!?
ICH GEHE GLEICH MAL NACHSCHAUEN...
PTSCH
NUR WENIGE TAGE NACH DEM SCHRECKLICHEN MORD AN DEM PATER STEHT DEN MENSCHEN IN DER NACHBARSCHAFT...
... NUN DIE ANGST INS GESICHT GESCHRIEBEN.
WIR STEHEN NUN VOR DER WOHNUNG, IN DER DIE TAT BEGANGEN WURDE.
UHM...
ECHT?
EIN PATER...
GAR NICHT MITBE-KOM-MEN!
ZZZP
DAS MORDOPFER WAR GLÄUBIG UND BIS VOR EINIGEN JAHREN EIN MITGLIED DIESER KIRCHE.
DIE POLIZEI VERMUTET EINEN ZUSAMMENHANG UND...
...

EH...?!
WAPP
KLICK
GUTEN MORGEN...
SORRY WEGEN GESTERN, MAKOTO...
DOMM
UWAH!
MAKOTO ...?!
...
DA...
... DAS... IST...
... MAMA...
EH?

WAS?
WAS IST DENN...?
MEINE MUTTER IST UMGEBRACHT WORDEN!
EBEN IM FERNSEHEN WURDE EIN FOTO GEZEIGT!
DAS GIBT'S DOCH NICHT?
JEDER ZWEIFEL IST AUSGE-SCHLOSSEN.
BISS- UND FINGERABDRÜCKE BESTÄTIGEN DIE VERMUTUNG, WIE GERADE GEMELDET WIRD.

...
UNGLAUBLICH, DASS DER SOHN AUSGERECHNET BEI IHNEN WOHNT...
HAT DER JUNGE EIN ALIBI?
FÜR WITZE HABE ICH JETZT KEINE NERVEN...
... NEIN ...
ICH MEINE ES ERNST.
ICH SAGE ES UNGERN, ABER DER ZUSTAND...
... IN DEM DIE LEICHE GEFUNDEN WURDE UND...
ICH DENKE, DA WAREN ÜBERMENSCHLICHE KRÄFTE AM WERK.

OFFENBAR WURDE IHR DIE HAND IN DEN MUND GESTECKT UND DANN GEWALTSAM DER KIEFER HERAUSGEBRO-CHEN...
SIE HAT MEHR ALS DIE HÄLFTE IHRES BLUTES VERLOREN.
DER OBDUKTI-ONSARZT HAT SICH ÄHNLICH GEÄUS-SERT...
MAKOTO-KUN KANN ES NICHT GEWESEN SEIN.
ER HAT EIN ALIBI UND...
... ER HAT SEINE MUTTER GELIEBT.
HM...
ABER...
SEIT DEM FALL MACHT MIR...
... NOCH ETWAS ANDERES SORGEN...

AGEHA IST EMOTIONAL IRGENDWIE SO LABIL...
NATÜRLICH NICHT...
ZUCK
JETZT KOMMT HOFFENTLICH KEIN „STOLZER-VATER"-GESCHWÄTZ, ODER?
DAS KENNT ER ZUR GENÜGE.
DAS IST JETZT ÜBERFLÜSSIG!
ICH DENKE, ER HAT...
... ANGST VOR STARKEN RAUBTIEREN...
JEMAND WIE ICH ODER MASAKAZU KANN AUF EINE LANGE, UNUNTERBROCHENE AHNENLINIE VON VAMPIREN ZURÜCKBLICKEN...
UND BEI MAKOTO-KUN GILT DAS ZUMINDEST FÜR DIE VÄTERLICHE LINIE SEIT GENERATIONEN.
... UND ZEIGT EINE ART ABSTOSSUNGSREAKTION.
ABER AGEHA IST ANDERS.

VIELLEICHT DENKE ICH ZU WEIT, DOCH...
... DIESER FALL UND AGEHAS ZUSTAND...
... FALLEN ZEITLICH GENAU ZUSAMMEN.
HM...
DASS DER JUNGE DIREKT ETWAS MIT DEM FALL ZU TUN HAT, KANN ICH MIR NICHT VORSTELLEN...
... ABER BESTEHT NICHT DOCH DIE GEFAHR, DASS DAS BEWUSSTSEIN EINES... ÄH... STARKEN WESENS...
... AUF IHN ÜBERGEHEN KÖNNTE?
WENN ES JEMANDEN GIBT, DER IHN MANI-PULIEREN KANN...
... DANN HÖCHSTENS MICH, DA ICH MEIN BLUT MIT IHM GETEILT HABE.
DOCH SO ETWAS WÜRDE ICH NATÜRLICH KEINESWEGS TUN.
WENN AGEHA MICH ABLEHNEN WÜRDE...
... WÜRDE ICH, GLAUBE ICH, IHN NICHT DAZU ZWINGEN...

ALS ICH BESCHLOSS, SEIN VATER ZU WERDEN, LEGTE ICH NÄMLICH EINEN SCHWUR AB.
... MICH WIE EINEN VATER ZU LIEBEN.
...
ALSO DOCH WIEDER „STOLZER-VATER"-GEFASEL...
KOMMEN WIR ZUM THEMA ZURÜCK!
UNSER PROBLEM IM MOMENT IST MAKOTO NOGAMI.
ZWEI MENSCHEN AUS SEINEM UMFELD WURDEN GETÖTET...
HEISST DAS NICHT AUCH, DASS ER SELBST NUN IN GEFAHR IST?
AUF JEDEN FALL...

... FÄLLT ES MIR SCHWER, IHN DARAUF ANZUSPRECHE
MAKOTO ...
WEISST DU...
... IN LETZTER ZEIT TRÄUME ICH OFT VON FRÜHER...
... UND MUSS AN DIE ZEIT DAMALS DENKEN.

VIEL-LEICHT...
... HATTE ICH EINE VORAHNUNG.
ICH HÄTTE EIN MAL ZU IHR HINGEHEN SOLLEN, UND SEI ES AUCH NUR...
... UM SIE AUS DER FERNE ZU SEHEN.
VIELLEICHT WAR MEIN TRAUM EINE WARNUNG!
ICH GEHE...
... ZUM APARTMENT.
!
ICH...
... VERSTEHE, DASS DU DAS JETZT TUN WILLST.
ABER DA SIND JETZT REPORTER UND ALLES... DU KOMMST GAR NICHT NÄHER RAN!
UND AUS-SER-DEM ...

IRGENDWAS IST DOCH KOMISCH AN DIESEM FALL.
GLEICH ZWEI MENSCHEN, DIE MAKOTO NAHESTANDEN, SIND KURZ NACHEINANDER...
VIELLEICHT SOLLTEN WIR WARTEN, BIS KIYOI ZURÜCKKOMMT...
UHM...
WUPP
ICH GEHE MIT!
AGEHA...
...
DU HAST DOCH GESAGT, DIR GEHT'S NICHT GUT!
BIST DU WIRKLICH OKAY?

ICH MACHE MIR JETZT MEHR SORGEN UM DICH!
...!
MUSST DU NICHT.
DA... DANKE...
GOTT SEI DANK!
AGEHA HAT MIR MUT GEMACHT...
... DENN ICH HATTE AUCH WIRKLICH ANGST.
SEIT ICH DER KIRCHE ANVERTRAUT WORDEN WAR, WAR ICH KEIN EINZIGES MAL...
... IN DIE WOHNUNG ZURÜCKGE-KEHRT.
WEISST DU, DEINE MUTTER...
... HAT DICH WEGGEGEBEN!

SIE SAGTE, SIE HABE ANGST UND WOLLE KEIN TEUFELSKIND MEHR IN IHRER NÄHE HABEN.
SIE WEINTE UND SAGTE, SIE WOLLE NICHT MAL MEHR DEIN GESICHT SEHEN...
WAR DAS...
SCHÜTTEL
SCHÜTTEL
... MAMAS HAND?
OH NEIN!
WENN SIE MICH WEGGEGEBEN HAT, MUSS ES GRÜNDE DAFÜR GEGEBEN HABEN.
SICHER WAR ICH SO EIN SCHLIMMES KIND.
SICHER WAR ICH MIT SCHULD DARAN...
GNN

KATANG
KATANG
KATANG
AGEHA?
AGEHA?!
DU BIST JA GANZ BLEICH!
MIR GEHT'S GUT...
GUT...?
DAS SIEHT NICHT AUS WIE NORMALE ÜBELKEIT, WEIL DIE BAHN WA-CKELT...

SO GEHT DAS SCHON EINE GANZE WEILE!
AM NÄCHSTEN BAHNHOF STEIGEN WIR AUS!
WILLST DU DICH DANN ERST MAL AUSRUHEN?
ES GEHT GLEICH WIEDER!
ABER...
... SO HABE ICH AGEHA NOCH NIE GESEHEN!
...

IRGENDWIE ...
... KENNE ICH DAS HIER ALLES. ICH WEISS NOCH GENAU DEN WEG.
...
LIEGT DIR DEINE...
... MUTTER SO SEHR AM HERZEN?
WAS...?
SORRY...
ABER WENN ICH DEINE GESCHICHTEN SO HÖRE, KOMMT SIE MIR EHER WIE EINE RABENMUTTER VOR...
AGEHA...
ICH WAR...
... AUCH NICHT UNSCHULDIG!

SIE WAR MANCHMAL SEHR LIEB ZU MIR!
DER PATER DAGEGEN HAT OFT HÄSSLICHE DINGE ZU MIR GESAGT, UM SICH ABZUREAGIEREN...
TATSÄCH-LICH.
DAS FERNSEHEN IST DA UND JEDE MENGE SCHAULUSTIGE...
GANZ, WIE DU GESAGT HAST!

AGEHA...!
BIST DU VIEL-LEICHT KRANK...
... UND VER-HEIMLICHST ES?
NEIN!
SEI MAL STILL, DA UNTEN SIND LEUTE!
ABER...
...
ICH HAB IMMER NOCH DAS KOMISCHE GEFÜHL...

... DASS D DER DEI MUTTE UMGEBRAC HAT...
EH...?
... MENSCH...?
... AUF KEINEN FALL EIN MENSCH GEWESEN SEIN KANN!
KEIN...
!
UÄH...
AGEHA...

SOLLEN WIR ZURÜCKGEHEN? KIYOI-SAN KANN DICH UNTERSUCHEN, DU KANNST DICH HINLEGEN...
SORRY ...
... DASS ICH DICH HIERHER GESCHLEPPT HABE...
KANNST DU GEHEN?
SOLLEN WIR UNS ABHOLEN LASSEN?
...
WASSER...
!
WARTE!
ICH GEHE WASSER UND EIN HANDTUCH KAUFEN!
DAPP
DASS ES AGEHA SO SCHLECHT GEHT...
... HAT DAS WAS MIT DEM MORDFALL ZU TUN?

ER MEIN DAS SE. „KEIN MENSCH GEWESEN
WIESO JETZT PLÖTZLICH DIESE PANIK? ER HATTE DOCH IMMER SCHON...
... MIT VAMPIREN UND GEWALTVERBRECHERN ZU TUN!
PIIIEP
PIIIEP
WARUM HAT ER SOLCHE ANGST?
SPÜRT ER FEINDSELIGKEIT...
... ODER SONST IRGENDETWAS UNGLÜCK VERHEISSENDES...
... WEIL ES WAS MIT MIR UND MEINER MUTTER ZU TUN HAT?
„KEIN MENSCH"...
ALSO VIELLEIC ...
... PAPA?

...
HE, DU DA! KLEINER!
ZUCK
DU VERSTRÖMST DA EINEN SEHR SELTSAMEN GERUCH!
SNIFF
EM GEHÖRST DU?
GULP
...

DU BIST DURCH EINEN BLUTSVERTRAG MIT EINEM VAMPIR ENTSTANDEN...
... UND WARST FRÜHER EIN MENSCH, STIMMT'S?

IP
MIT...
MIT IHNEN STIMMT DOCH AUCH IRGENDWAS NICHT!
GULP
SWUSH
GNN
ICH BIN NUR HIER, WEIL ES IN DER FAMILIE DEINES FREUNDES EINEN UNGLÜCKSFALL GAB.
UND GENAU IM RICHTIGEN MOMENT TAUCHST DU AUF MIT DIESEM PENETRANTEN LEICHENGERUCH...
ICH HAB ANSCHEINEND GLÜCK!
?!
ICH DACHTE MIR ZWAR SCHON, DASS ICH HIER GUTE CHANCEN HABE, IHM ZU BEGEGNEN, ABER...

ZUCK
!!
SAG MIR, WO ER IST!
NIEMALS!
ICH TU DEM JUNGEN SCHON NICHTS SCHLIMMES!
ICH GEHÖRE SCHLIESSLICH ZU SEINER FAMILIE.

SEINE MUTTER IST GESTORBEN, UND DESHALB WILL ICH IHN JETZT ABHOLEN.
... TRAU IHNEN NICHT ÜBER DEN WEG!
...
ICH...
ICH SAG'S IHNEN NICHT, UND WENN SIE MICH UMBRINGEN!
DU KENNST WOHL DEINE GRENZEN NICHT!

?!
AGEHA?!
AGEHA...
WER IST DAS?
ABER...
IRGENDWO HAB ICH DEN SCHON MAL...
DAS IST DOCH NICHT ETWA...?!

LASS AGEHA LOS!
KEUCH
RÖCHEL
KOFF

GANZ, WIE ICH IHN MIR VORGESTELLT HABE.
ER ÄHNELT MIR, EIN SÜSSER JUNGE!
?!
ER ÄHNELT IHNEN GAR NICHT!
UNVER-SCHÄMT-HEIT!!
ZUCK
MAKOTO
GIB DICH NICHT MIT DEM AB!
...
GEH SCHON NACH HAUSE!

WUPP
!
...MAKOTO...
ES FREUT MICH, DASS DU DICH GAR NICHT SO SEHR VERÄNDERT HAST...
EIN FOTO MIT MAMA...
...
MAMA...
BLUT...
DIESER MANN HAT...
GNN

DER KERL...
... TAUCHT JETZT HIER AUF?
DER HAT NICHT NUR DEN PATER UND MAMA UMGEBRACHT, SONDERN...
... FAST AUCH AGEHA...
ICH WOLLTE WARTEN, BIS DU NICHT MEHR WÄCHST...
... ABER ES WAR EIN FEHLER, DICH BEI DIESEM WEIB ZU LASSEN.
GNN
KOMM MIT MIR!
ES IST GANZ NORMAL, DASS DER SOHN MIT DEM VATER ZUSAMMENLEBT!

DU SPINNST WOHL!
DU WOLLTEST MICH UMBRINGEN, ALS ICH NOCH KLEIN WAR!
...?
DAS WÜRDE ICH NIE TUN!
DU LÜGST!
DU WARST DAS DOCH, DER MICH GEWÜRGT UND MAMA VERLASSEN HAT...
AH...
AHA, DANN HAT DICH ALSO DIESES WEIB GEWÜRGT?
!
ZUZUTRAUEN WAR ES DIESER MUTTER JA!
...

NEIN!
ICH GLAUBE DIR KEIN WORT!!
KNÜLL
LASS AGEHA IN RUHE!
IHM GEHT'S IM MOMENT NICHT GUT!

BIS DU DICH ENTSCHIEDEN HAST...
... IST DIESER EHEMALIGE MENSCH IN MEINER GEWALT.
?!
AGEHA!
ES LIEGT AN DIR, OB ER WIEDER FREIKOMMT... IM AUSTAUSCH GEGEN DICH!

„EHE-
MALIGER
MENSCH"
...?
MEINTE ER
AGEHA?!
PACK DEINEN KRAM ZUSAMMEN UND WARTE AUF MICH!
UND HAT MAMA...
... MICH WIRKLICH GEWÜRGT?!

VON WEGEN! ZIEH DICH WARM AN!
DAS GLAUBE ICH IHM NICHT!
ICH GLAUBE IHM KEIN EINZIGES WORT!
WENN DU AGEHA AUCH NUR EIN HAAR KRÜMMST, PASSIERT WAS!!

EPISODE 8
Rh+
RHESUS POSITIV

ZUCK
HM...

NA, ENDLICH WACH?
WAPP
DU SCHLÄFST JA GANZ SCHÖN TIEF FÜR DEIN ALTER!
...!!
STIMMT JA!
ICH...
KEIN WUNDER! VON IHREM LEICHENGERUCH WAR MIR...
... DIE GANZE ZEIT ÜBEL!

ICH SAG'S NUR UNGERN, ABER MAKOTO IST JEMAND, DER NOCH SCHLECHTER AUS DEM BETT KOMMT ALS ICH.
EIN ECHTER MORGEN-MUFFEL.
HMPF ...
EIN MORGENMUFFEL IST ER?
ENTZÜCKEND ...!
ACH JA?
ER FINDET SEINEN SOHN SÜSS, DER GENAUSO WENIG AUS DEM BETT KOMMT WIE ICH?
SOHN...
DAS IST WIRKLICH MAKOTOS VATER?
IM ERNST?
ER WIRKT SCHON WIE EIN VERWANDTER...
... DOCH MAKOTO IST SO WEICH UND SO NETT!

KRIEGT MAN SO EINEN FURCHT EINFLÖSSENDEN CHARAKTER...
... WENN MAN ERWACHSEN WIRD?
ZUCK
ICH DACHTE IMMER, MAKOTO WÄRE EIN SORGENKIND, FÜR DAS ICH DA SEIN MÜSSTE...
MAKOTO...
DEIN VATER?!
GULP

DAS IST DAS ERSTE MAL, DASS DU VON IHM ERZÄHLST!
VON DEINER MUTTER HAST DU JA SCHON EINIGES ERZÄHLT...
ICH ERKENNE IHN NICHT AN.
DER TAUCHT EINFACH AUF...
... UND BRINGT MAMA UND DEN PATER AUF DERMASSEN BESTIALISCHE ART UM!?
UND DANN NIMMT ER...
... AUCH NOCH AGEHA ALS GEISEL...
ES TUT MIR LEID, KIYOI-SAN...
... DASS ICH UNBEDINGT DA HINGEHEN WOLLTE...
DAS IST DOCH NICHT DEINE SCHULD, MAKOTO!

ポン
PATT PATT
ポン
KEINE ANGST!
WENN'S HART AUF HART KOMMT, FINDE ICH SCHON RAUS, WO AGAHA IST.
KIYOI-SAN...
ICH HAB EINE FANG-SCHALTUNG INSTAL-LIERT...
... FÜR TELEFON UND E-MAIL.
WIR MÜS-SEN DAS GUT VORBE-REITEN!
...
ES WAR MIR ZWAR VORHER KLAR...
COOL! IST DAS VON DE POLIZE
... AB ICH B WIRKL UNFÄH
HAB ICH GAR KEINE IDEE, WIE ICH AGEHA RETTEN KANN?
GNN
...
HEY, MAKO-CHAN...

LASS DAS MIT AGEHA MAL KIYOI MACHEN!
DASS ES AGEHA...
... DIE GANZE ZEIT SO SCHLECHT GING, IST SEINE SCHULD.
ER HAT IHN „EHEMALIGEN MENSCHEN" GENANNT...
OB IHM IN SEINER NÄHE AUCH NICHTS PASSIERT?
ABER ER HAT NICHTS MIT EINEM MENSCHEN ZU TUN!

AGEHA IST AGEHA!
ER IST UND BLEIBT EIN LIEBER FREUND!
ER HAT MIR AUCH IMMER GEHOLFEN, ALSO...
SELBST, WENN ICH MICH GEGEN IHN AUSTAUSCHE.
...UND DAFÜR STERBEN MUSS: ICH BEFREIE AGEHA!
HEY!
KANN ES SEIN, DASS DU GERADE ÜBER IRGENDWAS BEUNRUHIGENDES NACHDENKST?
KNIRSCH
EH...?
SIEHT MAN MIR DAS AN?
...
ICH VERSTEHE...
ICH HAB MICH NUR GEFRAGT, WAS DER KERL WOHL VORHAT...
...NUN EIN BISSCHEN, WARUM ER SO AN DIR HÄNGT.

DASS ICH HIER EIN HAUS FÜR UNS VAMPIRE GESCHAFFEN HABE, GESCHAH, WEIL ICH SICHERHEIT WOLLTE...
... ABER VOR ALLEM...
AUCH KIYOI-SAN FÜHLT SICH EINSAM?
VIELLEICHT WILL ER...
... UM JEDEN PREIS MIT DIR ZUSAMMENLEBEN...
DOCH WENN ER...
... WEIL ICH DIE HUNDERTE VON JAHREN EINSAMKEIT NICHT ERTRAGE.
KIYOI-SAN...
... UNTER EINSAMKEIT LITT...
... HÄTTE ER DOCH MIT MEINER MUTTER ZUSAMMENBLEIBEN KÖNNEN!
ZU DRITT ZU LEBEN HÄTTE MICH AUCH GEFREUT!
JA...
DAHER ...

ABER SIE HATTE DOCH MIT WESEN WIE UNS...
... IHRE SCHWIERIGKEITEN UND KONNTE DICH NICHT EINFACH SO AKZEPTIEREN!?
!!
DAS WEIBLICH MORDOPFER...
... WAR EIN MITGLIED DIESER KIRCHE...
BITTE VERZEIH MIR MEINE SÜNDEN!
ICH HABE EIN KIND DES TEUFELS ZUR WELT GEBRACHT!
AH...
MAMA...

... FÜR EIN MENSCH?
...
WAS WAR MAMA...
GNN
ZUCK
...
KIYOI!
KIYOI, ICH HAB ANGST VOR DEM... DER IST GEFÄHRLICH!
AH...
AGEHA...
!
KLAPP
KIYOI-SAN?
KA... KANNST DU ETWA AGEHAS STIMME HÖREN?!
KLACK

HI!
DAS TOR DRAUSSEN UND DIE HAUSTÜR WAREN OFFEN...
!
IST IRGENDWAS MIT AGEHA-CHAN?
HARUKA-CHAN...
PAMM

ICH HAB GESAGT: BRING MICH ZU DEINEM HERRN!
BEI DEM IST MEIN SOHN DOCH BESTIMMT, ODER?
...
IHNEN SAGE ICH GAR NICHTS!
DABEI WOLLTE ICH MICH GÜTLICH MIT DIR EINIGEN...
... WEIL DU EIN GUTER FREUND VON IHM ZU SEIN SCHEINST!
GNN
WIE KÖNNTE ICH?!
SCRASH

LECK!
ICH ÜBERSCHREI DEINEN BLUTSVERTRA
...!!
KIYOI...!
KLINGELING
DOMM
KLINGELING
DOMM
HALLO!
DOMM
IST ALLES IN ORDNUNG BEI IHNEN?
DOMM

KLACK
IRGEND-JEMAND...
TSK!
PIII
PIII
PIII
TELE-FON!
!
DRRR
DRRR
... KIYOI...
... MASAKAZU...
... MAKOTO...
... EGAL, WER...
... IRGENDJE-MAND... BITTE SCHNELL DRANGEHEN!
!
KIYOI?!
EIN ANRUF VON AGEHA!
WIR WISSEN JETZT, WO ER GEFANGEN GEHALTEN WIRD!

HOTEL LAMBERT TOKYO!
„ES LIEGT AN DIR, OB ER WIEDER FREIKOMMT... IM AUSTAUSCH GEGEN DICH!"
WENN WIR UNS BEEILEN, KÖNNEN WIR IN ZEHN MINUTEN DORT SEIN!
ALSO IST ER WOHLAUF...
DOCH GLAUBEN KANN ICH DEM KERL IMMER NOCH NICHT SO RECHT.
MAMA...
DIESER BENGEL SCHNAPPT...
... SICH EINFACH DAS ROHE FLEISCH...
ZUCK

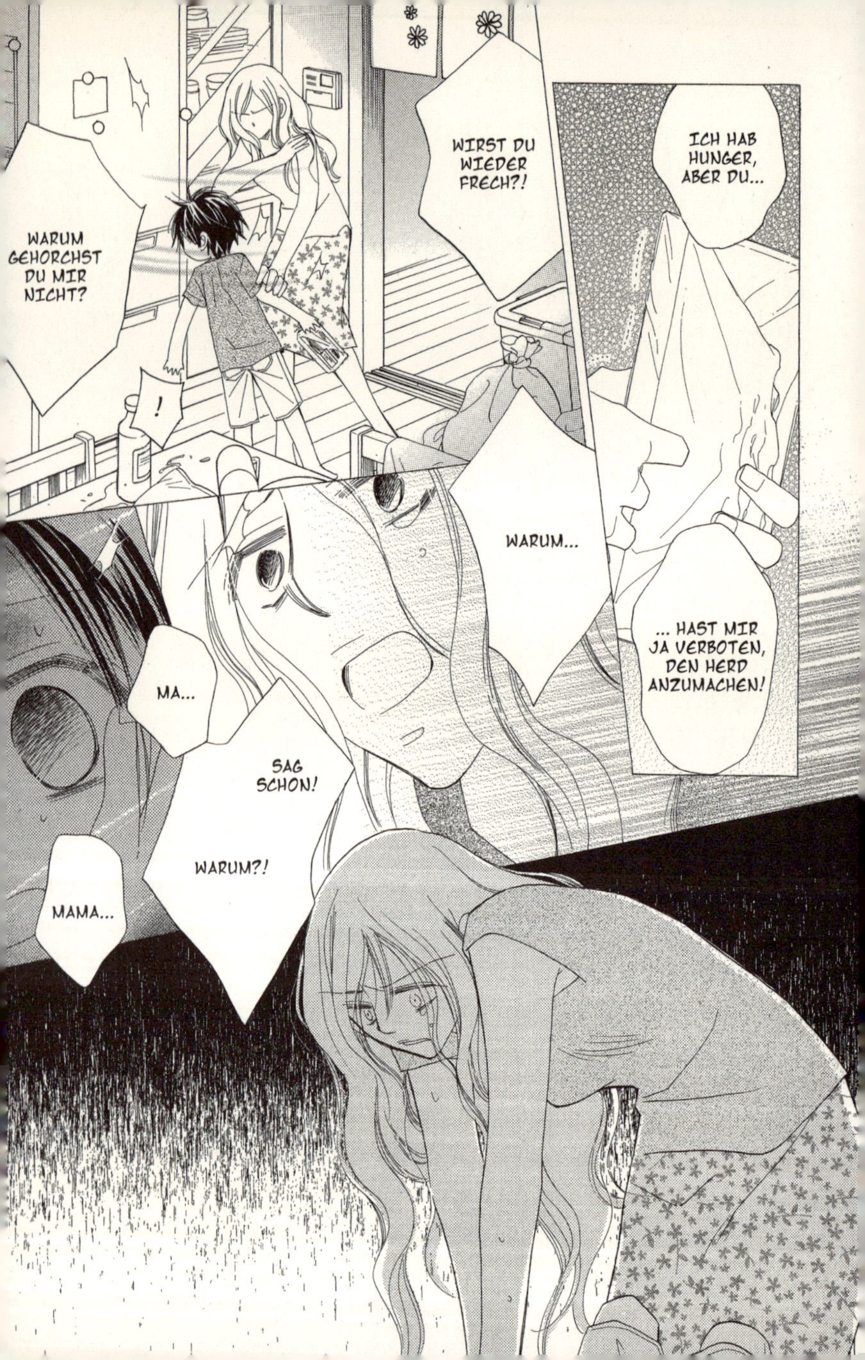
WIRST DU WIEDER FRECH?!
ICH HAB HUNGER, ABER DU...
WARUM GEHORCHST DU MIR NICHT?
!
... HAST MIR JA VERBOTEN, DEN HERD ANZUMACHEN!
WARUM...
SAG SCHON!
WARUM?!
MA...
MAMA...

MAMA...
MAMA...
...
GULP
ER WOLLTE EIN EIGENES KIND, DESHALB HAB ICH ES ZUR WELT GEBRACHT!
ICH DACHTE, SO BLIEBE ER MIR TREU.
ABER DANN IST ER VER-SCHWUNDEN.
ALSO, WARUM?
WARUM SOLLTE ICH DICH WEITER BEHALTEN?
DRIP

HA...
HA...
HA...?
EH...?
WAS IST...? MAKOTO?!
OH NEIN!
ER BEWEGT SICH NICHT MEHR!
UWAH!
WAS MACHE ICH JETZT?!

...
KLINIK...
NEIN, VIELLEICHT LIEBER DIE POLIZEI...
DIP
DIP
ODER BESSER ZUR KIRCHE...
... BEVOR ICH GESCHNAPPT WERDE... ZUM PATER...
... BEICHTEN...
DIP
KLICK

MAMA...
MAKOTO ...
UAH...
DU LEBST?!
?!
GOTT SEI DANK!
ZUCK
ICH HABE KEINEN MORD BEGANGEN!
DRÜCK
MAMA...

KEUCH
KEUCH
TSCHRRR
TSCHRRR
AH...
DOMM
WAH!
IH!
KOMM MIR NICHT ZU NAHE!
MAMA...
HILF MIR...!

MIT DEM KIND STIMMT WAS NICHT!
ES IST EIN TEUFEL!
MAMA...
GRÜBEL
AM ENDE IST DOCH...
KHIII
... DIESER KERL SCHULD, DASS SIE DURCH-GEDREHT IST!
MAMA WAR TOTAL ERSCHÖPFT VOM LANGEN WARTEN.

MAKO KUN
DU KANNST RUHIG IN DER HALLE WARTEN, JA?
NEIN.
ER SOLL DOCH GEGEN MICH AUSGETAUSCHT WERDEN!
UND ICH WILL SELBST SEHEN, DASS ES AGEHA GUT GEHT!
UGH...
ZUCK

DOMP
?!
DOMP
KIYOI...
DOMP
BANG
AGEHA...!
BASH
SCHEISSE
...!

AGEHA...
...
PATT
PATT
DAS IST...
... DER HERR VON DEM KLEINEN SCHEIS-SER?
DIE SE HEN KE BISSCH AUS WI HERR U DIENER
... SON-DERN FAST EHER WIE...
DU BLUTEST JA...
HAT ER DICH VERLETZT?
NEIN! DAS IST NICHT MEIN BLUT.
ES IST SEINS!

SIE HABEN SICH OFFENBAR RÜHREND UM DIE KINDER BEMÜHT...
... ABER ICH ALS IHR VORMUND WERDE SIE NUN MITNEHMEN.
HEY!
GRABB
MAKOTO IST MEIN...

BWOSH
ZUCK
STATT HIER ANSPRÜCHE ZU STELLEN, SOLLTEN SIE SICH ERST EINMAL BEI MAKOTO ENT-SCHULDIGEN!
ICH GLAUBE, SIE SCHULDEN IHM EINE ERKLÄRUNG!
GULP
... IST STINK-SAUER!
WEGEN DIESEM WEIB?
IST DOCH KLAR, DASS ICH DIE UMBRINGE!
GNN
DIE HAT MEINEN SOHN DRANGSALIERT UND VERSUCHT, IHN UMZU-BRINGEN!
!

TROTZDEM IST SIE...
... MIR LIEBER ALS DU!
MA...
... KOTO...
AUCH ALS DU NICHT DA WARST, HAT SIE AUF DICH GEWARTET UND MICH WEITER AUFGEZOGEN.
ALSO REISS NICHT DEN MUND AUF, OBWOHL DU DICH NIE HAST BLICKEN LASSEN!
ICH WILL DICH NIE WIEDER SEHEN!

!!
LASS DAS!
MIT DEM TEPPICHMESSER KANNST DU DICH NICHT UMBRINGEN!
DU KANNST NICHT STERBEN!
ABER...
... DURCH DEN SCHMERZ KANN ICH MICH WIEDER AN MEINEN HASS ERINNERN!
UND WENN ICH WIEDER ZU MIR KOMME, KANN ICH WIEDER SCHWÖREN, DASS ICH DIR NIE VERZEIHE!

ICH HAB ZWAR NICHT GENUG KRAFT, DICH UMZUBRINGEN...
... ABER DIR NIE ZU VERZEIHEN, DAFÜR REICHT SIE NOCH!
DAS...
... DARFST DU NICHT!

DU BLÖDER IDIOT!
HÖR AUF MIT DEM SELBST-MORDSPIELCHEN! DAMIT SCHOCKST DU NICHT NUR IHN!
AUCH WENN DIE WUNDE WIEDER HEILT...
AGEHA...
... DEIN HERZ WIRD SO TROTZDEM NUR IMMER LEERER!
AGEHA...
SINK
ABER ICH...
... HAB DOCH SONST NICHTS MEHR...
... WAS ICH FÜR MAMA TUN KANN!

KLAPP
...
...
ES IST NICHT SO, DASS ICH SIE ÜBERHAUPT NICHT VERSTEHEN KÖNNTE.
DESHALB SAGE ICH AUCH NICHT, DASS SIE MAKOTO NIE WIEDER SEHEN DÜRFEN.
ER ICH GLAUBE, S IST FÜR ALLE BETEILIGTEN SSER, WENN SIE SICH ERST MAL ZURÜCKZIEHEN ND BERUHIGEN.

UND IN DER ZWISCHENZEIT ENTSCHULDIGEN SIE SICH JEDEN TAG BEI IHR UND MAKOTO-KUN!
WA...
WAS IST SO SCHLIMM DARAN, WENN ICH MIT MEINEM SOHN LEBEN WILL...
... UND DESHALB KOMME, UM IHN EUCH WEGZUNEHMEN?!
RUTSCH
UH...
GRAB
!
SCHRECK
AGEHA...
WAS SOLL DAS?
SOLANGE MAKOTO SIE NICHT AKZEPTIERT...
... WERDEN AUCH TÄGLICHE ENT-SCHULDIGUNGEN SIE NICHT ANS ZIEL BRINGEN!

ABER ZEIT ZUM GLÜCKLICHSEIN GIBT ES NOCH MEHR ALS GENUG!
ODER NICHT?
KLAPP
HEPP!

...
WENN MAN IHN IM WACHZUSTAND AUF DEN ARM NIMMT, WIRD ER FUCHSTEUFELSWILD!
ABER WENN MAN IHN WIE EIN BABY WIEGT, WIRD ER NOCH WÜTENDER. DAS IST ECHT KLASSE! ☆
ÄHM...
ER GEHT SCHON ZUR OBERSCHULE, KIYOI-SAN!
KLAR, DASS IHN DAS WÜTEND MACHT!
KEINE SORGE!
DER JUNGE SCHLÄFT NUR.
UFF!
AH...
AGEHA...
... IST GANZ SCHÖN SCHWER GEWORDEN...
...

Ageha schlief, und an seiner Seite saß Kiyoi-san...
... und zwar von der Zeit, als Ageha noch ein Mensch war.
Schüttel
ぶん
Schüttel
ぶん
Als er ihn kennenlernte, war er noch klein.
... der ein bisschen von etwas erzählte, wonach ich ihn schon länger hatte fragen wollen...

AGEHA RANG MIT DEM TOD, UND MITHILFE DES BLUTS-VERTRAGS...
... HOLTE KIYOI-SAN IHN MIT GEWALT WIEDER INS LEBEN ZURÜCK.
DA ICH IHM FRÜHER BESONDERS EINGESCHÄRFT HATTE, DASS ER SICH VON DEN LEUTEN FERNHALTEN SOLLE...
... HATTE ER ALS KIND WOHL EIN STARKES GEFÜHL DER EINSAMKEIT.
ALS AGEHA SAGTE: „NIMM IHN BEI UNS AUF!"...
... WURDE MIR KLAR...
... DASS ER EINSAM WAR.
AGEHA...
IHR SEID EUCH JA ETWAS ÄHNLICH.
NA, ICH WEISS NICHT...
TOK TOK
KIYOI!

DA IST EIN MANN AM TELEFON!
ACH, MENSCH...
SCHADE, ICH ERZÄHLE GERADE EINE SCHÖNE GESCHICHTE.
DAS IST SICHER EH NUR MICHITAKA-SAN...
KLACK
ICH HAB MIR SORGEN GEMACHT!
ICH MAL IHM 'NEN BART!
NEIN, ICH WILL NICHT!
PLOPP
AGEHA ERZÄHLT MIR...
... NIE VON SEINEN PROBLEMEN.
UHM...
ABER ICH WEISS, DASS ER DAS VERMEIDET...
... WEIL ER NETT IST.
JEDEN MEINER FEHLER...
... HAT AGEHA NACH KRÄFTEN KORRIGIERT.

AGEHA FRÜHER AGEHA HEUTE... ICH AKZEPTIER ALLES AN IHM
DESHALB DARFST DU MIR...
... RUHIG AUCH EIN BISSCHEN DIE OHREN VOLLHEULEN!
UHM...
MURMEL...
KIYOI...
ICH KANN NICHT MEHR ESSEN...
...
OH MANN!
TYPISCH, WAS AGEHA DA WIEDER IM SCHLAF MURMELT!
HIHI!
HIHI.
WAS SAGE ICH...
... ZU IHM, WENN ER AUF-WACHT?
HIHIHI...

IRGEND-WAS, DAS IHN ER-SCHRECKT...
AH, GENAU!
DAS, WAS ER ZU MIR SAGTE, ALS WIR UNS ZUM ERSTEN MAL BEGEGNET SIND!
„VERGISS NIE: WENN DU EINSAM BIST, BIN ICH IMMER FÜR DICH DA!"

Rh+
RHESUS POSITIV
EPISODE 9

NACHDEM WIR AGEHA HEIL WIEDER NACH HAUSE GEBRACHT HATTEN...
... VERSCHWAND AUCH MEIN VATER VON DER BILDFLÄCHE.
DER ALLTAG KEHRTE ZURÜCK...
... UND FÜR EINE WEILE WAR WIEDER ALLES RUHIG BEI UNS.
HIER...
... EUER GUTE-NACHT-KAKAO.

NEHMT MORGEN WIEDER RUNTER,
AGEHA...
GUTE NACHT, KIYOI-SAN.
BITTE GIB MIR MEINE TASSE!
UH...
OKAY...
UPS...
KLIRR
!

AH...
AGEHA?
DASS DIE NICHT MAL EINEN FALL AUF DEN BODEN AUSHÄLT...
VIELLEICHT HATTE DIE VORHER SCHON EINEN SPRUNG.
SORRY, MAOKOTO ...
SIE IST MIR...
... AUS DER HAND GE-RUTSCHT...
GNN
SOLL ICH MORGEN EINE NEUE TASSE KAUFEN?
WELCHE FARBE MAGST DU?
TJA, ICH SCHAU VIELLEICHT SELBST MAL NACH EINER...

NEIN, NEIN...
DAS SIEHST DU FALSCH, AGEHA...
BEI DER SACHE NEULICH...
... ALS DU AUFGEWACHT BIST, HAB ICH ES GESPÜRT...
STEH NICHT SO RUCKARTIG AUF!
GANZ SACHTE!
ZUCK!

EH...?
?
AH, SORRY...
NANU?
VIELLEICHT IST ER SICH NICHT SELBST BEWUSST, DASS ER MICH MEIDET. DESWEGEN HAB ICH AUCH NICHTS GESAGT.
ABER...
WARTE, ICH MACHE...
... DIR EINEN NEUEN.
AGEHA, DU GEHST MIR AUS DEM WEG...
... NICHT WAHR?
DER MORD AN DER FAMILIE VOR FÜNF JAHREN?
DAMM

AH
... AN DEN ERINNERE ICH MICH GUT, WEIL ER SO SPEZIELL WAR.
SPEZIELL?
WIESO? ERST NEULICH GAB'S DOCH SO EINEN ÄHNLICHEN.
QUATSCH!
DER VERDÄCHTIGE WAR DAMALS EIN ZWÖLFJÄHRIGER!
UND DAS WAR VOR FÜNF JAHREN... ALSO KEIN GROSSER UNTERSCHIED ZU EUCH.
ER HAT E LEICHE DEN CAR GESCHLE UND DO VERGRAB
DAS SOLL EIN KIND ALLEIN GEMACHT HABEN?
NICHT SEHR GLAUBHAFT, ODER?
ES IST AUCH NICHT BEKANNT, OB DAS EINEN RITUELLEN HINTERGRUND HATTE ODER UNS NUR VERWIRREN SOLLTE.

OB DER ÄLTESTE SOHN ENTFÜHRT WURDE ODER OB ER...
... WOANDERS UMGEBRACHT WURDE, WEISS MAN ZWAR NICHT, ABER...
... BEVOR DER FALL ANS LICHT KAM, WURDE ALLES AN BARGELD UND KREDITKARTEN BEISEITEGESCHAFFT.
DER GESAMTBETRAG WURDE ABGEHOBEN.
EIN KIND LACHTE IN DIE KAMERA DES GELDAUTOMATEN...
... UND MACHTE DAS VICTORY-ZEICHEN.
DAS IST DER HAUPTTÄTER, ODER?
DARAN GIBT'S KEINEN ZWEIFEL. HUNDERTPROZENTIG!
WOLLTE EINFACH NICHT STELLEN, EIN KIND CHELND E LEICHE BUDDELT...
...
JA, ICH WEISS.
ENSIBEL
ENTNERVT...
WENN MAN EINEM KIND GEWISSEN UND ANGST NIMMT...
... WIRD ES ZU EINEM MONSTER, DAS KEINE GRENZEN MEHR KENNT!
RAFT- UND MACHTLOS IND KINDER NUR IN DER ANTASIE VON RWACHSENEN.

IN DER TAT...
... MAN HAT IHN UNTERSCHÄTZT UND KONNTE IHN BIS HEUTE NICHT FASSEN.
DOCH UNTER DENEN, DIE IHN DAMALS VOM SEHEN KANNTEN...
... GEHT NUN DAS GERÜCHT UM...
... DASS ER ZURÜCK-GEKOMMEN IST.
ABER DA DAS NUR EIN GERÜCHT IST...
... GIBT ES AUCH NOCH KEINEN RICHTIGEN AUFTRAG!
DAS SIND JA DIE GLEICHEN BILDER, DIE IRGENDWANN DURCHS NETZ GEGANGEN SIND!
DIE SIND UN-BRAUCHBAR! GIBT'S KEINE MANIPULIERTEN BILDDATEIEN?
...
JEDENFALLS KÖNNEN SIE DIE SACHE SCHON MAL IM HINTERKOPF BEHALTEN.
JA, IST GUT.

DAS THEMA WÄRE ALSO ABGEHAKT.
WIE WÄR'S MIT EINEM TEE?
BRECHEN SIE NICHT EINFACH DAS GESPRÄCH AB!
DAS IST WOHL DER „MISTER"...
...
ICH HAB IHN MIR ÄLTER VORGESTELLT.
DIESES FANGSCHALTUNGSPROGRAMM...
S HÄTTE
H AUCH
ERN! ♥
NIX DA!
VOM AUSSEHEN HER DENKT MAN, ER WÄRE SO ALT WIE KIYOI-SAN.
ABER NUR VOM AUSSEHEN HER!
NICK
MAKOTO ...
... NOGAMI-KUN?

WIR KENN UNS N NICH ODER
DAS MIT DEINER MUTTER NEULICH...
... TUT MIR SEHR LEID.
!
NEIN ...
... ÄH... VIELEN DANK!
WIDER-WILLIG ZWAR...
ICH MUSS MICH...
... AUCH ENTSCHULDIGEN FÜR DAS, WAS MEIN VATER ANGERICHTET HAT.
WEGEN DER ENTSCHÄDIGUNG FÜR DAS ZERBROCHENE FENSTER IM HOTEL...
...
JETZT KAN ICH DAS NOCH NICH BEZAHLEN. ABER WENN I ERWACHSEN BIN UND GE VERDIENE.
ICH KÖNNTE JETZT HÖCHSTENS WAS ANZAHLEN...
DAFÜR, DASS ER MIT DENEN ZUSAMMEN-LEBT, IST ER JA RICHTIG ANSTÄNDIG!
ES WAR KIYOI, DER AUSSER DEM FENSTER NOCH ANDERES KAPUTT GEMACHT HAT...
EINE STUNDE ZUVOR...
ENTSCHÄ-DIGUNG?! MACHST DU WITZE?!
VON UNS WURDE EINER VERLETZT: AGEHA!
IST ZWAR GELOGEN...
KUCHEN
VERBINDE IHN, SOLANGE MICHITAKA NOCH DA IST!!

ICH SELBST WERDE MEHR UND MEHR SO WIE KIYOI-SAN UND SEINE JUNGS...
KÖNNEN DIE SICH NICHT AN MAKOTO EIN BEISPIEL NEHMEN?
ACH...
KEINE SORGE, DARUM HABE ICH MICH SCHON GEKÜMMERT.
HM...
NICHT SCHLECHT ...
... HIER ZU LEBEN, WAS?
JA...
ICH KANN ZUR SCHULE GEHEN...
... UND ALLE SIND NETT...
ICH KRIEGE ZU ESSEN UND EIN BETT ZUM SCHLAFEN...
... UND SO EINIGES BEIGEBRACHT...

ABER VO
ALLEM...
... DASS AGEHA SAGTE, ER SEI IMMER DA...
... HAT MICH GEFREUT...
... UND BERUHIGT...
...
HIER KOMMEN TEE UND KUCHEN!
MACHT MAL DEN TISCH FREI!
DU HÄNGST JA RICHTIG AN KIYOIS ROCKZIPFEL...
WIRST DU WIEDER ZUM SÄUGLING?
NEIN!
ICH HELFE IHM NUR!
PRUST

ICH...
... HAB IN LETZTER ZEIT ZU WENIG VON KIYOI-SAN GEHABT!
ICH LADE JETZT NUR MEINE BATTERIE AUF!
AH...
DIE SIND VERNARRT
NEINANDER.
MIR WIRD SCHWINDLIG...
HEHEHEHE!
ZUMINDEST HASST ER...
... MICH OFFENBAR NICHT...
PUH...

BESTIMMT...
... HAB ICH MIR ZU VIELE GEDANKEN GEMACHT.
ALSO DANN!
ICH GEHE MAL KURZ EINKAUFEN, OKAY?
MAKOTO ...
DU KOMMST DANACH WIEDER ZURÜCK, ODER?
DANN GEHE ICH MIT!
AH...
ABER ICH WILL DANACH NOCH WOANDERS HIN.
DU KANNST DANN SCHON MAL ZURÜCK-GEHEN.
HM?
WOHIN DENN?
ZUM GRAB...
... MEINER MUTTER ...

AH...
GNN
ABER...
ICH HAB IMMER NOCH ANGST, DICH ALLEIN ZU LASSEN...
KEIN PROB-LEM!
ÜBRIGENS, KIYOI-SAN HAT GESAGT, ER WILL EINE BOHNENSUPPE MACHEN, WEIL ES SO KALT GEWORDEN IST...
HILF IHM DOCH DABEI, HM?
JA...
PUH!

...
IDIOT!
IDIOT!
IDIOT!
WIESO...
... BIN ICH SO BERUHIGT?!

MAMA...
AUCH NACHDEM ICH MICH DARAN ERINNERT HABE, DASS DU MICH GEWÜRGT HAST...
... HASSE ...
... ICH DICH OMISCHER- EISE NICHT.
ES GAB JA UM DICH HERUM ENTGEGEN DEINER ERWARTUNG ...
... NOCH MEHR VAMPIRE!
DAHER...
... HÄTTEST DU DICH NICHT SO EXTREM FÜRCHTEN MÜSSEN.
DRIP
DRIP

EGAL, WIE HUNGRIG ICH WAR...
... ICH HÄTTE DOCH NIE VON DEINEM BLUT GESAUGT!
DAS HÄTTE ICH...
... NIEM GETAN
MARCO
RUBB
RUBB
RUBB
ZZP
WENN ICH MIT DIESEM GESICHT ZURÜCK-KOMME...
... MACHT MASAKAZU WIEDER SEINE BEMER-KUNGEN...
DRIP
...
DA, WIEDER TRÄNEN-SPUREN!
NEIN! DAS...
... IST HERZENS-SCHWEISS!
...

OBWOHL MAN DEN EINDRUCK HAT, DASS ER SEHR FREI UND UNABHÄNGIG LEBT...
... BEMERKT ER SEHR GENAU, WAS UM IHN HERUM VOR SICH GEHT.
ER HAT...
... SELBSTBEWUSSTSEIN.
ICH BIN ICH!
ICH WEISS NICHT RECHT...
... OB ICH IHN BENEIDE ODER NICHT...
ICH GLAUBE, ICH VERBRINGE NOCH IRGENDWO...
... EIN BISSCHEN ZEIT UND GEHE DANN HEIM.
SALE
STARBOX CAFE
ABER DAS WAR VIELLEICHT GENAU RICHTIG.
DAS MACHT 380 YEN.
ICH WOLLTE EINFACH MAL ALLEIN SEIN.
AH...
FLAPP

ENT-SCHULDI-GUNG...
...
ÄH...
VI... VIELEN DANK...
DUH...
EIN VERWANDTER?

NEIN?
SMILE
IRGENDWIE HAT ER EINE...
... ÄHNLICHE AUSSTRAHLUNG, UND DASS DU DAS BILD MIT DIR HERUMTRÄGST...
IRGENDWIE...
SCHAUDER
... EIN KOMISCHER TYP...
VI... VIELEN DANK NOCH MAL.
WUPP
AH...
ICH WILL DICH NICHT ERSCHRECKEN...
... ABER...

...
BLUSH
ICH DACHTE, WIR KÖNNTEN UNS VIELLEICHT ZUSAMMEN AN EINEN TISCH SETZEN.
WAS SOLL DAS DENN JETZT?!
AUSSERDEM...
...?
... GEHT VON DEM EIN...
... LEICHTER TODESGERUCH AUS...
WARST DU VORHIN...
... IN EINEM TEMPEL ODER RÄUCHERWARENGESCHÄFT?

EH...?
AH...
ACH SO...
ICH RIECHE NACH RÄUCHERSTÄBCHEN...
DANN IST DER TODESGERUCH NUR EINE FALSCHE ASSOZIATION MEINERSEITS?
NEIN... ICH WAR AUF DEM FRIEDHOF.
OMA BESUCHEN ODER DEN OPA?
NEIN... MEINE MUTTER...
KOMISCH...! ICH PLAUDERE EINFACH SO DRAUFLOS MIT EINEM WILDFREMDEN...
ACH SO.
DAS IST JA TRAURIG...
VIELLEICHT WOLLTE ICH...
... MIT JEMANDEM ÜBER MAMA SPRECHEN...
HIHI...

WIR...
... ÄHNELN UNS EIN WENIG, NICHT?
HA?
WIR HABEN UNS MAGNETISCH GEGENSEITIG ANGEZOGEN...
WAS REDET DER DENN DA?!
DAS IST SCHICKSALHAFT...
... ODER?
SCHICKSAL...?
DAS GEFÜHL HAB ICH GAR NICHT!
WILL DER MICH VIELLEICHT ANMACHEN?!
ABER ICH BIN DOCH EIN MANN!
WILL DER MIR WAS AUFSCHWATZEN?
IRGENDEIN BLÖDES BILD ODER EINEN ENGLISCH-SPRACHKURS?
GULP

ICH HAB ANGST!
WO IST AGEHA?
JEDENFALLS HAB ICH EIN GANZ UNGUTES GEFÜHL.
ER LÄCHELT, ABER ES WIRKT GEKÜNSTELT...
!!
ICH IDIOT!
ICH HAB AGEHA DOCH NEULICH ERST...
... MIT IN MEIN UNGLÜCK GERISSEN!
ICH STÜTZE MICH WIEDER AUF IHN...
NA?
LERN DOCH ENDLICH MAL AUS DEINEN FEHLERN, MANN!
WIE WÄR'S, WENN WIR ZWEI MAL WOANDERS HINGEHEN?

KLIPP UND KLAR
ICH HAB KEIN GELD.
HMPF!
ICH WILL DICH JA GAR NICHT ABZIEHEN!
ICH SEHE JA AN DEINER SCHULUNIFORM, DASS DU EHER KEIN GELD HAST.
ZUCK ZUCK
ABER...
... WIE EIN GANZ NORMAL SCHÜLER SIEH DU...
... AUCH NICHT AUS!
FÜHLST DU DICH NICHT MANCHMAL ALLEIN, AUCH WENN DU BEI DEINER FAMILIE BIST?
DENKST DU NICHT MANCHMAL, DU BIST **ANDERS?**
GULP...

DU MACHST EIN GESICHT, ALS OB DU...
... NICHT NACH HAUSE WOLLTEST.
ES IST, ALS WÄRE ICH MEINEM FRÜHEREN ICH BEGEGNET!
EIN HEIMELIGES GEFÜHL!
JETZT DAVON BEFREIT ZU SEIN, IST ZWAR ANGENEHM...
... ABER VOR EINIGEN JAHREN HATTE ICH GENAU SO EINEN BLICK DRAUF WIE DU!

DU MUSST EHRLICHER ZU DIR SELBST WERDEN!
... DU KÖNNTEST DEIN LEBEN LANG...
SCHAUDER
ODER GLAUBST DU...
... MIT EINEM DU LEBEN, DAS DIR ZUWIDER IST?
...
AGEHA...
HEY!
WAS KOMMST DU IN MEIN ZIMMER UND KAUERST HIER HERUM?!

LASS MICH DOCH!
ICH HAB DIR EINEN DRUCKFRISCHEN MANGA GEBRACHT UND EINEN TAIYAKI*!
OH?
DANN KANNST DU MIR JA VIELLEICHT AUCH MAL ZUHÖREN!
...
* GEFÜLLTER WAFFELKUCHEN IN FISCHFORM.
UH...
ICH PETZE BEI KIYOI, DASS DEIN ZIMMER WIEDER IM CHAOS VERSINKT!!
RÜCKKEHR EINES ALBTRAUMS
... FÜR DAS BARBECUE HEUTE ABEND!
ICH VERBRENNE DIE BÜCHER AUS DEINEM ZIMMER...
HE, MOMENT ...!
WENN DU DAS NICHT WILLST, RÄUM AUF UND JÄTE DAS UNKRAUT!
DU LIEBER HIMMEL!
JA, MANN...
DANN SPUCK'S HALT AUS, WENN DU WAS ZU SAGEN HAST!
WENN ICH DABEI DEN MANGA WEITERLESEN KANN, HÖRE ICH DIR ZU!
ES GEHT EH UM MAKOTO, ODER?
DAS SEHE ICH DIR AN!
...

WENN DU ES SCHON MERKST...
... DANN MERKT MAKOTO ES SICHER ERST RECHT.
ALSO...
ICH MAG MAKOTO.
ICH VERTRAUE IHM...
... UND WILL MICH IMMER MIT IHM VERTRAGEN.
ABER... WENN ICH IRGENDWAS VON SEINEM VATER IN IHM SPÜRE...
DA HAT ER RECHT.
... FRAGE ICH MICH, OB MAKOTO SPÄTER WOHL AUCH SO WIRD.
HA?
WAS SOLL DAS DENN?!
DU HAST ANGST VOR STARKEN GENEN?
DANN MÜSSTEST DU AUCH ANGST VOR MIR HABEN. ICH HAB NÄMLICH EINEN EX-ZELLENTEN STAMM-BAUM...
... WIE EINE WERTVOLLE RASSEKAT-ZE!

STATTDESSEN VERHÄLTST DU DICH MIR GEGENÜBER ALLES ANDERE ALS RESPEKTVOLL!
NA JA, FÜR MICH WARST DU EBEN EINFACH IMMER NUR MASAKAZU!
DUH...
AUSSERDEM IST KIYOI STÄRKER ALS DU!
FAUCH
...
OH MANN!
DER ARME MAKOTO!
ER HAT DICH TAG UND NACHT GEPFLEGT, ALS DU FLACHLAGST!
UMPF!
ICH SAGE DIR WAS: MAKOTO MACHT SICH ECHT SORGEN UM DICH!
ER SAGT, DASS ER SEIN GANZES ZU LANGES LEBEN LANG DEIN GUTER FREUND SEIN WILL!
ER TUT MIR FAST LEID, WENN ICH IHN SO SEHE...
ICH WEISS! DOCH DAS SIND NUN MAL MEINE GEDANKEN!
ICH BIN WIE-DER DA!

ICH MAG IHN...
... UND DARAN WIRD SICH AUCH NICHTS ÄNDERN.
ABER ZURZEIT...
... MACHT MIR MAKOTO EIN BISSCHEN ANGST!
ZUCK
ICH HAB ECHT WEICHE KNIE BEKOMMEN.
WENN ICH AN DAMALS DENKE...
... LÄUFT ES MIR KALT DEN RÜCKEN RUNTER!
AGEHA...?

ICH DENKE...
... DAS WIRD SICH...
... BALD WIEDER LEGEN...
... SEHR BALD...
EH?
WOLLTEST DU NICHT EINE TASSE KAUFEN?
JA...
ABER ICH KONNTE MICH NICHT ENTSCHEI-DEN UND DACHTE, ICH KOMME ZU SPÄT ZUM ABENDES-SEN...
... UND...

AGEHAS ALTE MILCHKAF-FEESCHALE MUSS DOCH HIER IR-GENDWO...
NA GUT...
DANN NEHMEN WIR DIE HIER, JA?
HIER!
...
ÄH...
DARF ICH DIE WIRKLICH BENUTZEN?
HM?
IST DIE NICHT ZU WERTVOLL?

NATÜRLICH NICHT!
ES FREUT MICH, WENN DU SIE BENUTZT!
...
DU...
... BIST EINSAM, NICHT?
DU MACHST EIN GESICHT, ALS WOLLTEST DU NICHT NACH HAUSE ZURÜCK...
„WIR SEHEN UNS!"
KNEIF
ICH WILL DEN NICHT NOCH MAL SEHEN!
UND ICH WILL NICHT SOLCHE KOMISCHEN SPRÜCHE HÖREN!
ICH WILL NÄMLICH HIER SEIN UND HIERBLEIBEN!

RHESUS POSITIV

RHESUS POSITIV

Rh+
RHESUS POSITIV
DER WIDERSPENSTIGEN ZÄHMUN

RHESUS POSITIV

WAS GIB DAS DEN JETZT?
WIEDER GESÄUSEL VOM LIEBENDEN VATER, ODER WAS?
ICH SOLL MIR WIEDER IHRE GESCHTICHTEN ANHÖREN?
SCHWENK
BEVOR ICH ANGEFANGEN HABE ZU REDEN, SCHON SO ABLEHNEND ZU SEIN...
DU BIST JA NICHT GERADE SEHR CHARMANT.
DAS WILL ICH MIR VON IHNEN NICHT SAGEN LASSEN!
BIST DU WIRKLICH DER ENKEL?
ICH...
... HAB NIEMANDEN AUSSER DIR, MIT DEM ICH...
... MICH BESPRECHEN KANN...
KIYOI-SAN...
HABEN SIE IRGENDWAS SCHLECHTES GEGESSEN?

ES IST SO: ICH NEHME JETZT NOCH EIN KIND BEI MIR AUF.
UND NUN FRAGE ICH MICH, WIE ICH ES ERZIEHEN SOLL.
...
ICH KOMME MIR SCHON WIE DER VATER VON AUSSERIR-DISCHEN VOR...
HMPF!
UND ICH DACHTE SCHON WER WEISS WAS...
ICH GLAUBE, DA KÖNNEN SIE GANZ BERUHIGT SEIN.
FÜR MEINE BEGRIFFE BESTEHT ZWISCHEN IHNEN UND...
... EINEM AUSSERIR-DISCHEN AUCH KEIN GROSSER UN-TERSCHIED.
DAS WAR DER EINDRUCK, DEN KIYOI AUF MICHITAKA MACHTE.
ALLES BEGANN EINIGE TAGE ZUVOR...

Ein aus alten Zeiten bekanntes Ehepaar kam vorbei, um ihren Sohn vorzustellen.
Lange nicht gesehen, Kiyoi-san!
Sie haben sich kaum verändert, Madame!
Er war 15 Jahre und sechs Monate alt...
... und hiess Masaka-zu.
Er ist eben aus gutem Hause!
Wenn er nur so schweigend dasteht, wirkt er recht vornehm.
Scheint einen guten Stammbaum zu haben.
Seinem Verhalten fehlt es aber ein bisschen an Eleganz...
ふあぁ GÄÄÄHN あ
Er kam...
... vor kurzem von der Schule im Ausland zurück.
Du wolltest sagen, ich bin...
... dort von der Schule geflogen!

HO, HO, HO...
DU WARST DA DRÜBEN WOHL ZIEMLICH UNGEZOGEN!
DOCH ER IST...
... AUCH WENN DAS AUS DEM MUND DER MUTTER NATÜRLICH KOMISCH KLINGT...
... EIN SEHR KLUGER JUNGE!
MEINE FRAU IST IMMER SO!
SIE WEISS SELBST, DASS SIE IHN VER-WÖHNT.
ACH...
IE KONNTE ANGE ZEIT KEIN KIND EKOMMEN, DAHER...!
ICH HABE GEHÖRT, SIE HABEN NEULICH EIN KIND BEI SICH AUFGENOMMEN UND DIE ELTERNROLLE ÜBERNOMMEN.
DANN KÖNNEN SIE UNS ALS ELTERN NUN SICHER EIN BISSCHEN VERSTEHEN.
STIMMT. SEIN VER-HALTEN...
... MACHT MICH MAL GLÜCKLICH, MAL TRAURIG... ABER ICH GENIESSE ES.
DAS IST WOHL DAS VORRECHT VON ELTERN...
NUN JA...

SIEHST DU LIEBLING?
WIR KÖN-NEN UNS GETROST AUF KIYOI-CHAN VER-LASSEN!
HAB ICH DOCH GESAGT!
JA, ER IST EIN WUNDERBARER VATER!
...?
WIR HABEN NÄMLICH EINE BITTE AN SIE...
... KIYOI-CHAN!
KÖNNTEN SIE UNSEREM SOHN NICHT EINE ZEIT LANG...
... BENIMM-UNTERRICHT GEBEN?
WAS...?!

KEINE SORGE!
MASAKAZU IST EIN SEHR KLUGER JUNGE!
ABER ER IST SEHR KLUG...
FLÄZ
MADAME ...
MAN SOLLTE DIE IN-TELLIGENZ EINES MENSCHEN AUCH NICHT ÜBERBE-WERTEN...
NA, NA!
IHM FEHLT ES NUR EIN WENIG AN GEMEIN-SINN, UND ER WIRD LEICHT MISSVER-STANDEN.
HAHA HA!
WENN MAN DIR ZUHÖRT, KÖNNTE MAN MEINEN, DASS ER AUSSER KÖPFCHEN NICHTS ZU BIETEN HAT!
...
TSS, TSS...
STARR
URRR
SICHER HABEN SIE IHN...
... AUCH AUS LIEBE ZU MIR GEBRACHT...

SCHAU MICH NICHT SO BESORGT UND MITLEIDIG AN!
ICH BIN GANZ SICHER, DIE LEUTE LIEBEN MICH.
!
ICH BIN MIR DARÜBER IM KLAREN, DASS ICH IRGENDWANN...
... FÜR DIE ÄLTEREN HERRSCHAFTEN...
... SORGEN WERDE.
AHA.
...
♪♫
♪
ER IST NICHT NUR KLUG, SONDERN HAT AUCH GESPÜR FÜR DIE GEDANKEN ANDERER MENSCHEN...

AGEHA!
HATTE SICH IM OBERGESCHOSS VERSTECKT.
AH?
WAS 'N DAS HIER?
EIN MEN-SCHEN-KIND?
HRAPP
!!! MEINE NASE!!
ZITTER
ZITTER
KIYOI...

KIYOI GEHÖRT MI
KAPIERT?..
UUUH...
AGEHA...
DEN GEBE ICH DIR NICHT AB!
DU WAGST ES, MEINE LANGE NASE ZU...
ICH DACHTE SCHON, GLEICH WÄRE SIE AB...!!
DIR ARMSELIGEM DREIKÄSEHOCH NEHME ICH DOCH NICHT SO EINE AFFEKTIERTE BRILLENSCHLAGE WEG!
„AFFEKTIERTE BRILLENSCHLAGE"?
...
ICH BIN NICHT ARMSELIG!
UND ER IST KEINE AFFEKTIERTE BRILLENSCHLAGE!! ER IST HÜBSCH MIT BRILLE!!
VOLLIDIOT!
„HÜBSCH MIT BRILLE"...
WAS SOLL ICH DAVON HALTEN...?

WER IST HIER EIN IDIOT?! DU!!
IDIOT!
UÄH! IDIOT!
IDIOT!
IDIOT!
...
ICH HALTE MICH RAUS.
WENN SIE AUF DEM GLEICHEN NIVEAU STREITEN, MUSS ICH MIR KEINE SORGEN MACHEN.
SO LERNEN SIE SICH HAUTNAH KENNEN...
... UND DA SICH BEIDE NICHTS GEFALLEN LASSEN, IST ES AUCH NICHT EINSEITIG.
ALLERDINGS...
4 Friday
5 Saturday
... NACH EINIGEN TAGEN ZUSAMMENLEBEN...
... GEHEN HIER DIE DINGE DES HAUSHALTS...
KLACK
KLACK
... EINS NACH DEM ANDEREN ZU BRUCH...
... ODER BILDE ICH MIR DAS NUR EIN?
DAS WAREN MAL SECHS STÜCK...
KERL!!

TAG F
TAG WI
AGEHAS
GANGST
RUPPIG
MASAKAZUS EINFLUSS IST UNBE-STREITBAR.
VIEL-LEICHT...
!
... WIR
HIER
MEINE.
... FÄ-HIGKEIT, WIDER-SPENS-TIGE ZU ZÄHMEN...
GEPRÜFT...
KLIRR
BOFF BOFF
DOMM
DOMM
DOMM
KLACK
AGEHA...

HÖR AUF!
DAS SOFA GEHÖRT SCHON EWIG ZU DIESEM HAUS!
BAMM
ICH BIN WIEDER DA!
DATAM
MASAKAZU IST KEIN ÜBLER JUNGE.
TAP TAP
...
STAPF
ER HAT EINEN AUFRICHTIGEN CHARAKTER...
... UND ER IST AUCH NICHT EINFACH NUR KLUG...
... ABER...
... ER IST EIN GROBIAN!
BWOSH
GRRR

ALSO ECHT...!
WIESO SIND DIE LEHRER IN JAPAN...
... SO VERDAMMT KLEINLICH UND NÖRGELN STÄNDIG RUM?
PAMM
„WAS IST DAS FÜR EINE KOMISCHE HAARFARBE?!"...
„ALS JUNGE BENUTZT MAN KEINE HAARNADELN!"...
GRUMMEL
GRUMMEL
...
GRUMMEL
ERWACHSENE MÖCHTEN EBEN KINDER, DIE DAS TUN, WAS MAN VON IHNEN ERWARTET.
HA?
DIE SCHULE KANN MIR DANKBAR SEIN!
ICH BIN EIN SCHÜLER, DER IN PRÜFUNGEN GLÄNZT!
GRUMMEL
DIE SOLL SICH MAL NICHT SO HABEN...
... DIESE BLÖDE TUTORIN!
GRUMMEL
OH...
BIST DU NICHT IN DER LAGE, SO EINE „BLÖDE TUTORIN" UM DEN FINGER ZU WICKELN?

?!!
WER WEGEN SOLCHER KLEI-NIGKEITEN SCHON MIT JEMANDEM ZUSAMMEN-STÖSST...
KI... KIYOI...?
... WIRD KAUM IN DER LAGE SEIN, SPÄTER...
. EINE ILIE ZU NÄHREN.
GRABB
?!
VERSTEHST DU?
STATT ZU REBELLIEREN, MUSST DU DEIN SCHÖNES GESICHT UND DEINEN CHARME SPIELEN LASSEN...
... UND SIE IT SÜSSEN WORTEN BESIEGEN!

AUSSERDEM SOLLTEST DU SOWIESO EIN BISSCHEN MEH AUF GUTES BENEHMEN ACHTEN.
SWOOOSH
WAH!
DIE BENUTZE ICH AUF DER JAGD.
UND JETZT...
... GEHORCHT! SOFORT!
WO HAT DER SO WAS HER...?
DAS KANN DOCH NICHT SEIN...
... DASS AUSGERECHNET DU DAS NICHT KANNST!?
!!!
MASA-KAZU HAT ZUM ERSTEN MAL IN SEINEM LEBEN ANGST!
ZUCK
AGEHA DU BIST LIEB. BLEIB SO, WIE DU BIST!

MEIN QUIRLIGER AGEHA IST CHARMANT GENUG!
FHUPP
KIYOI...
WA...
DU HAST VORHIN DOCH WAS GANZ ANDERES GESAGT!
PUH...
DAS HAT GUTGETAN.
VON HINTEN HÖRE ICH SO ETWAS WIE BESCHWERDEN, ABER...
... ICH IGNORIERE SIE...
... UND HÖRE NICHT HIN.
DAS SIND MEINE AUF DIE PERSÖNLICHKEITEN DER KINDER ZUGESCHNITTENEN ERZIEHUNGSMETHODEN.

DAHER IST DE EINDRUC
MAKOTO-KUN, MAGST DU NOCH NACHSCHLAG?
AH...
VIELEN DANK...!
... DEN ICH HINTERLASSE, JE NACH PERSON UNTERSCHIEDLICH.
IRGENDWIE ...
... BIST DU WIE EINE MUTTER, NICHT WAHR, KIYOI-SAN?
NICHT DOCH!
EH!?
DU MEINST, JEDER, DER ESSEN MACHT, IST AUTOMATISCH EINE MUTTER?!
ÜBERTREIB'S NICHT!
AH...
...
ABER ...
HM, ICH WEISS NICHT...
DAS HAT GESESSEN!
EINE MUTTER BIN ICH GANZ SICHER...

Rhesus positiv Rh+ 2 - Ende

RHESUS POSITIV

DAS NACHWORT!
VIELEN DANK AN ALLE LESER!
TOLL, DASS MIT DIESEM ZWEITEN BAND ALLES GEKLAPPT HAT.
AUCH DIESMAL LIESS ICH MEINE REDAKTEURIN UND DIE KOLLEGEN VOM DESIGN BIS AUF DEN LETZTEN DRÜCKER WARTEN...
ICH KANN MICH NUR ENTSCHULDIGEN... UND HERZLICH BEDANKEN!
ALSO, DAS MUSS AM X-TAG IN DEN DRUCK!
UND VORHER NOCH INS DESIGNBÜRO!
UKYAAAAH
EHOUMAKI (SUSHISORTE)
ICH GLAUBE, SO EINE SZENE HAB ICH SCHON MAL GEZEICHNET...
DEJA-VU?
DABEI BIN ICH SO SEHR IN MICH GEGANGEN... ICH HABE NICHTS DARAUS GELERNT!
SO WAS PASSIERT NUR SO OFT, WIE DER HALLEYSCHE KOMET VORBEIZIEHT!
SCHLUCHZ
SCHLUCHZ
SCHLUCHZ
MAN MACHT EINE FERNSEHSERIE AUS MEINEM MANGA!

EH...?!
WOLLEN SIE NICHT EINMAL ZUM CASTING KOMMEN?
UNBEDINGT!
ABER IST DAS OKAY?!
DA STÖRE ICH DOCH SICHER...
BIBBER
ICH BIN HINGEGANGEN!
DAS GESICHT IST ZIEMLICH KLEIN!
GYAH!
UND DIE AUGEN SIND GROSS! BLINK, BLINK!
DIESE SCHAUSPIELER SIND EINFACH TOLL!!
STELLV. RED. K-SAN
SUWAKO
REDAKTEURIN
ZUSCHAUERPLÄTZE
ICH KONNTE VIELE NEUE ERFAHRUNGEN SAMMELN!
OH, DAS IST DAS SONY-MUSIC-GEBÄUDE!
TAUMEL
TAUMEL
EINE RICHTIGE METROPOLE!
AUCH NACH ZEHN JAHREN IN TOKIO NOCH...
DIESER MANGA WIRD IM DRITTEN BAND FORTGESETZT! BITTE BLEIBT BEI DER STANGE!
VIELEN DAN AN ALLE LESERINNE UND LESER MEINE REDAKTEURI UND ALLE MITARBEITE
... SOWIE ALLE MEINE FREUNDINNEN, DIE MIR IMMER IM KAMPF BEISTEHEN UND UNTER DIE ARME GREIFEN!
ICH BIN ...
... VOLLER DANKBARKEIT!!
S-KI-SAN, A-SAN, S-YA-SA H-ZAWA-SAN VIELEN DANK
ICH FREUE MICH AUF EIN WIEDERSEHEN!
AYAKO SUWA

"Rhesus positiv Rh+" von Ayako Suwa
Aus dem Japanischen von Burkhard Höfler
Originaltitel: "RH Plus" Vol. 02

verlegt durch EGMONT Verlagsgesellschaften mbH,
Gertrudenstraße 30-36, 50667 Köln

1. Auflage
Redaktionsleitung und verantwortlich für diese Ausgabe: Alexandra Germann
Redaktion: Tamara Kastl
Textbearbeitung: Christian Schmidt / Etsche Hoffmann-Mahler
Lettering: Asiatype
Gestaltung: Wolfgang Schütte
Koordination: Nadin Kreisel
Buchherstellung: Simone Nauerth
Druck und Verarbeitung: CPI – Clausen & Bosse, Leck
ISBN 978-3-7704-7081-5

CHROME BREAKER

von CHACO ABENO

Die Mangaka Chaco Abeno serviert einen gekonnten Mix aus Sakrileg, rasanter Manga-Action in emotional aufgeladener Gothic-Optik! Um Akira Nagisa, die wiedergeborene Maria, zu beschützen ist Kuromu Takagi, ein junger Krieger der geheimen „Crimzon"-Loge ausgesandt worden. Selbst nicht ganz menschlich, kämpft er im Namen des Guten gegen die dämonischen Kräfte!

Chrome Breaker
Band 1
€ 6,50 (D)
ISBN 978-3-7704-6921-5

www.manganet.de

EGMONT
Verlagsgesellschaften

SUTOPPU!

**Koko wa kono manga no owari dayo.
Hantaigawa kara yomihajimete ne!
Dewa omatase shimashita!
Tanoshii hitotoki wo dozo!**

EMA-Manga Chiimu

STOPP!

**Das ist der Schluss des Mangas.
Fangt bitte am anderen Ende an!
Und nun genug der Vorrede,
viel Spaß beim Lesen!**

Euer EMA-Manga-Team